Felices sueños, camiones grandes y pequeños

Felices sueños, camiones grandes y pequeños

SHERRI DUSKEY RINKER Y TOM LICHTENHELD

Allí abajo, en el gran solar,
grúas y camiones trabajan sin parar.
Están levantando un gran edificio
y todos se ocupan de sus oficios.

Cuando el sol se pone tras la ciudad
llega la hora de descansar.
Las hormigoneras se van a dormir,
los motores dejan de rugir.
¡Mañana ya será otro día
para trabajar con gran alegría!

Como siempre es tan buena amiga,
la Grúa levanta la última viga.

La sube, la mueve y casi la mece
ante el cielo, que ya oscurece.
Quiere ponerla donde corresponde,
y a dormir, que el sol ya se esconde.

Muy lentamente desciende su brazo
porque ha terminado todo el trabajo.
Cierra los ojos y lanza un suspiro
tan tranquilita en su retiro.

Señora Grúa, hasta mañana,
que descanses bien en tu almohada.

De acá para allá, subiendo y bajando,
la Hormigonera va siempre cantando.

Pero ahora ya está cansada

e incluso un poco mareada

de mover cemento de la noche a la mañana.

La última carga ha de dejar

antes de irse a reposar.

Pero primero ha de bañarse:
una buena ducha para refrescarse.

Apaga el motor, el tambor ya no gira,
y mientras duerme la luna la mira.

Hormigonera, hasta mañana,
que descanses bien en tu almohada.

El Volquete siempre está contento   llevando grandes cargas . . .

Transporta la tierra
de un lado a otro
y con su esfuerzo
arma gran alboroto.

. . . o un canto pequeño.

Vacía ya las últimas piedras
que han de servir para las carreteras
y se dispone a retirarse.
¡Ha sido un día para cansarse!

Apaga los faros, cierra las puertas,
baja el cajón, que no te quedan fuerzas.
Se hace muy tarde y hay que reposar,
¡pero si es posible evita roncar!

Señor Volquete, hasta mañana,
que descanses bien en tu almohada.

El Bulldozer con su enorme pala
empuja las rocas que molestaban,
retira la tierra, aplana el camino,
por todas partes retumba un gran ruido:
¡*Brum*!

No hay nadie tan fuerte
(o yo no lo conozco),
pero en este momento
se le cierran
los
ojos.

Nubes de humo suben

hacia las estrellas

después de tanto esfuerzo

casi no le quedan fuerzas.

Se acuesta en una cama de tierra blandita
porque el cansancio a dormir le invita.

Amigo Bulldozer, hasta mañana,
que descanses bien en tu almohada.

Montones de tierra, grava y arena,
no hay material que se resista a ella.
Pero cuando asoma la luna llena
llega la hora de dejar la faena.

La Excavadora se siente agotada,
si quiere jugar tendrá que ser mañana.

Por eso se estira con un gran bostezo
y encuentra su cama sin ningún tropiezo.
Baja la pala, el motor se detiene,
cierra los ojos que el sueño ya viene.

Excavadora, hasta mañana,
que descanses bien en tu almohada.

Palas y ruedas, motores y cuerdas,
todos duermen en la noche inmensa.
Trabajos y juegos por la mañana:
ahora silencio, no es hora de charlas.

Las máquinas también necesitan descanso
después de este día de tanto trabajo.
Basta de ruidos, se acabó el jaleo,
y a dormir todos sin más ajetreo.

Se apagan las luces de la gran ciudad,
mientras los camiones sueñan en paz.

¡Por hoy la tarea ya está acabada!
Que descanséis bien en vuestra almohada.

Para un niño de ojos azules, otro niño de ojos castaños, y el mundo de maravillosas posibilidades que contemplo a través de esos ojos. Y, siempre, para Faith.

S. R.

Para Jan, por compartir un sueño.

T. L.

Sherri Duskey Rinker vive en Chicago con su esposo fotógrafo y dos hijos tan inquietos como curiosos: uno fascinado por los insectos y la magia, y el otro por los camiones y los trenes. Eso le proporciona constante inspiración... y frecuentes estados de agotamiento. Ha creado esta encantadora historia para ir a dormir con la intención de ayudar a los pequeños de la casa a tener felices sueños.
Más información en www.sherriduskeyrinker.com

Tom Lichtenheld es ilustrador de grandes éxitos como *¡Pato! ¡Conejo!*, en colaboración con Amy Krouse Rosenthal, y *Shark vs. Train*, con Chris Barton. También ha escrito e ilustrado varios magníficos títulos para el público infantil, entre ellos *E-mergency, What Are You So Grumpy About* y *Bridget's Beret*, seleccionados por la American Library Association. Para más información sobre estos y otros títulos, consulte www.tomlichtenheld.com

Originally published in English as *Goodnight, Goodnight, Construction Site* by Chronicle Books LLC.

Translated by Roser Ruiz

ISBN 978-0-545-94574-5

10 9 8 7 6 5 4 3 2 1   16 17 18 19 20

Printed in the U.S.A   40

First Scholastic Spanish printing, 2016